KB077289

괜찮네,
괜찮어

2020 공주여자중학교 학생시집

닮았네,
닮았어

2020년 11월 9일 제1판 제1쇄 발행

엮은이   최은숙
지은이   공주여자중학교 시 쓰기 동아리 <교동일기>
펴낸이   강봉구

펴낸곳   작은숲출판사
등록번호 제406-2013-000081호
주소   413-120 경기도 파주시 신촌로 21-30(신촌동)
전화   070-4067-8560
팩스   0505-499-8560

홈페이지 http://cafe.daum.net/littlef2010
이메일   littlef2010@daum.net

©최은숙

ISBN 979-11-6035-099-9   43810
값은 뒤표지에 있습니다.

2020 공주여자중학교 학생시집

괜찮네, 괜찮어

최은숙 엮음
공주여자중학교 시 쓰기 동아리 〈교동일기〉 지음

3부 원격수업의 시대

4부 닮았네 닮았어

머리를 믿지 말고 손을 믿자

나지막한 언덕에 선 우리 학교 도서실의 창가에 서면 노란 깃발이 줄지어 펄럭이는 공산성이 저만큼 보입니다. 골목을 사이에 두고 나란히 들어앉은 지붕들도 보입니다. 갈색, 파란색, 벽돌색, 하늘색 지붕들. 아마도 그 지붕 아래 사는 식구들이 일구었을, 양팔 길이가 될까 말까 한 좁은 밭이 우리 학교 담벼락을 따라 길쭉하게 터를 잡고 채소를 길러내고 있습니다. 상추와 고추, 울타리콩이며 골파, 토란까지, 우리 반 학생 수보다 많은 캐릭터가 성성합니다. 채소밭에서 깜짝 만나는 봉숭아랑 맨드라미는 미소를 짓게 합니다. 농부가 찍은 쉼표, 아니면 느낌표입니다.

시장으로, 버스가 다니는 큰길로 이어지는 골목길도 사람들만의 것은 아닙니다. 산비둘기가 잠시 내려앉는 곳, 고양이들이 장난치며 노는 곳, 하루살이 떼가 몰려다니는 공간이기도 하죠. 우리가 처음 시를 쓸 때는 이렇게 생생하게 살아 있는 풍경이 단 두 줄이었습니다.

학교에서 집으로 돌아가는 길
우린 많은 것을 보았어

우린 공책을 들고 창가에 서서 눈에 보이는 것들을 하나하나 적어 보았습니다. 산성, 나무, 토란잎, 트럭, 전깃줄, 새, 베란다에 빨래 너는 아저씨. 학교에서 집으로 오고 가는 길엔 공책 한 장을 채우고도 남을 만큼 느낌 있는 소재들이 가득했습니다. '우린 많은 것을 보았어.' 그 문장은 이렇게 아름다운 스케치로 바뀌었지요.

괜찮아 우린 많은 것을 보았어
구름이 내려 온 산성의 노란 깃발
열매가 가득 매달린 상수리나무
물방울이 모인 토란잎
페인트가 벗겨진 트럭
빌라 옥상으로 올라가는 전깃줄
전깃줄에 앉은 산비둘기

많은 것을 보았다고 했지만, 사실은 3년 가까이 하루에 두 번씩 오가는 그 길에서 본 것이 없다는 것을 시를 쓰면서 알게 된 것이죠. 학교 오는 골목의 스케치는 '하루살이'라는 멋진 시가 되었습니다. (p.20) 우리는 대상을 눈으로 바라보기만 하진 않습니다. 소리로 다가오는 만남도 있고 냄새로 스며오는 만남도 있습니다. 맛으로, 촉감으로 기억되는 만남도 있지요. 메모장에 이렇게 세밀한 만남을 차곡차곡 저금하는 사람의 표정과 말과 글은 풍부하고 매력이 있습니다. 돈보다 훨씬 값어치가 있는 재산입니다. 다산 정약용 선생님이 이런 말씀을 남기셨지요.

동트기 전에 일어나라
기록하기를 좋아하라
쉬지 말고 기록하라
머리를 믿지 말고 손을 믿어라

인상적인 대상이나 장면을 만났을 때, 어떤 생각이 떠올랐을 때, 책을 읽다 마음에 드는 문장을 발견했을 때, 할머니, 부모님과 이야기를 나누다 재미있는 표현을 들었을 때 즉시 펜을 들고 수첩에 (혹은 휴대폰 메모장에) 기록하는 습관을 갖길 권합니다. 손이 쓴 것은 남지만 머리로 기억한 것은 오래가지 않습니다. 시를 쓰는 사람은 물론이고 누구나 자신의 성장을 위해 해 볼 만한 일입니다.

시나 글을 쓰다 보면 궁금한 게 많아집니다. 교문 앞에 핀 저 작은 꽃은 이름이 뭘까? 사진을 찍고 앱에 올려 보고 자료를 찾아 봄맞이꽃이란 걸 알게 되었지요. 그래서 처음엔 그냥 '봄꽃'이었던 시의 제목이 '봄맞이꽃'이 되었습니다.(p.22) 시 '하루살이'는 하루살이가 불쌍하다는 감정에서 시작되었습니다. 시를 쓰다 보니 하루살이에 대해 궁금해졌습니다. 하루살이는 왜 하루밖에 못살까? 정말 하루만 살까? 궁금한 게 생기면 답을 찾게 됩니다. 날개를 가지는 순간 입이 사라지는 슬픈 운명에 대해 알게 되었습니다. 시가 깊어질 수밖에 없겠지요. 그래서 시인, 작가들은 온갖 종류의 사전을 곁에 두고 삽니다. 국어사전은 기본이고 사투리 사전, 시어 사전, 소설어 사전, 건축용어 사전, 속담 사전, 천문학 사전, 헤아리기도 어려울 정도로 많은 사전이 있습니다. 곤충 도감, 식물도감, 생물 도감, 파충류 도감, 멸종동물 도감 등등 각종 도감들도 넘쳐나지요. 시나 글을 쓰는 데 필요한 모든 자료는 충분합니다. "동트기 전에 일어나라." 다산 선생님의 말씀처럼 이제 우리의 부지런함과 끈기를 여기에 더 보탤 수 있느냐, 없느냐. 그것이 우리의 삶을 나누겠지요. 평이하거나 매력 있거나.

여러분과 해마다 시를 공부하고 시를 쓰는 경험을 할 수 있다니, 행운이라고 생각합니다. 시집에 실린 여러분의 삶이 뭉클하고 신선합니다. 웃음을 터뜨릴 때도 있고 눈물이 날 때도 있었습니다. 세 번, 네 번, 다섯 번, 되돌려주는 원고를 고치고 다시 고쳐 시를 완성한 여러분에게 박수를 보냅니다. 우리의 시는 서툴지만, 우리의 발랄한 10대, 다시는 돌아오지 않을 바로 이 시기를 기록했다는 점에서 의미 있고 완벽합니다. 편집부 학생들과 의논하여 시집의 제목을 '닮았네, 닮았어'(p.104)로 결정했는데 마음에 드나요? 고민도 있고 아픔도 있지만, 속 깊은 우물처럼 맑은 여러분. 타다타닥 빗방울, 가벼운 발걸음, 담쟁이의 초록 잎, 높은 웃음소리, 여러분은 정말 닮았습니다. 나도 닮고 싶습니다.

　학생들의 시를 이토록 세세하게 소중하게 읽어 주신 평론가 소종민 선생님, 후배들이 내는 시집에 정성스럽고 예쁜 표지를 그려 준 한단하 작가, 누구보다 학생들의 작품을 사랑하시고 즐겁게 시집을 낼 수 있도록 든든하게 뒷받침해 주시는 정재근 교장 선생님, "너희들 정말 멋지다!", "네 시 보고 나, 눈물 나서 혼났어." 원고를 들고 오가는 학생들에게 한 마디씩 칭찬과 격려를 아낌없이 건네주신 선생님들, 우리 학생들을 당당한 청소년 시인으로 만들어 주신 작은숲 출판사의 대표 강봉구 선생님께 깊이 감사드립니다.

최은숙 공주여자중학교 교사

1부

왜 나한테만 그래?

오늘도 2등이다

성현주 1학년

첫 공개수업
내 뒤에는 어른들이 많다
뒤에 눈동자라도 달렸나?
모두 나를 바라보는 것 같다
넓은 교실이 숨 막히게 좁아진다

"자 여러분 오늘은."
선생님의 목소리에 주위가 조용해진다
아이들의 눈이 구슬 같다
교실이 초롱초롱 빛난다
오늘은 칠교를 맞춰 완성하면 손을 들면 된다

주변을 보니 아직 다 안 했나 보다
분명 손을 들면 되는데
내 마음속에는 도깨비가 있나 보다
도깨비방망이로 내 심장을 자꾸 친다
갑자기 "저요!" 주나가 손을 든다

도깨비가 도망간다
이제 손을 들 수 있다
"저요…"
오늘도 난 2등을 한다

하루살이

김지은 3학년

어른벌레가 되면 그렇게 날고 싶었던 하늘
내 눈에는 보이지 않지만 날개를 펼쳤을 것이다
애벌레는 물속 바위와 자갈에 붙은 물때와 젖은 낙엽을 먹
고 살았다
어쩌면 넌 내일이면 이 세상을 못 봐

하루살이는 알고 있다
날개를 가지는 순간 입이 사라진다는 것을
살아갈 시간이 짧다는 것을
짝짓기할 시간이 길지 않다는 것을

괜찮아 우린 많은 것을 보았어
구름이 내려 온 산성의 노란 깃발
열매가 가득 매달린 상수리나무
물방울이 모인 토란잎
페인트가 벗겨진 트럭
빌라 옥상으로 올라가는 전깃줄

전깃줄에 앉은 산비둘기

우린 많은 곳을 다녔어
밤에 빛나는 공산성 골목길
강물이 흘러가는 둔치 공원
아이들이 좋아하는 노래방 가는 길
그리고 우린 죽으러 가는 게 아니야
다음 생에 태어나는 거야

난 아무 말도 하지 못했다
어떤 존재에게 하루는 한 생애였다

봄맞이꽃

강혜영 3학년

몸이 아파서 학교를 못 가고
병원에서 돌아오는 길
항상 지나가던 길이 달라 보여
몸이 많이 아픈가 했다

길에 꿋꿋이 피어있는 조그만 꽃
나무 틈으로 빼꼼 보이는 보드란 햇빛
울퉁불퉁하게 갈라지고 부서진 회색빛 벽돌

맨날 오고가던 길인데
처음 보는 것이었다.
삭막하고 바쁜 길이었는데
지금은 평화롭고 조용하기 그지없다

아픈 건 내 몸인 줄 알았는데
사실 마음이었나보다

미맹

박서진 3학년

미맹인 우리 언니
쓴 맛을 전혀 느끼지 못한다
어릴 적 내가 기억하는 한약의 아찔함도
언니에겐 아무것도 아니었다

그런 언니를 바라보며
부러움 반, 서러움 반으로 삼킨 한약은
몇 배 더 썼다

약을 먹을 때마다 주저하는 나에게
아빠는 말했다
어떤 방식이든 삼켜야만 한다고
그래야만 병이 낫는다고

훌쩍 커버린 나는
더 한약이 필요하지 않지만
자주 생각나는 아빠의 말

네가 그렇게 완벽하냐
비아냥 섞인 친구들의 말
잘난 거 없다고 생각하며 자책했던 날들
미맹이 아닌 나는 아직도
부러움 반 서러움 반
내 것이 몇 배나 더 쓰다고 생각하지만

그것이 모두 예민한 내게 오는 쓴 약이라면
피하지 않고 삼켜야겠다

빛나던 순간

김혜린 2학년

내 차례가 온다
심장은 어느 때보다 더 열심히 북치고
목도 손가락도 얼음

드디어 내 차례
조용한 문예회관 대강당
반주와 함께 들려오는 멜로디
숨을 들이쉬고
연못에 비친 달처럼 빛나는 피콜로를 들고
멜로디에 맞춰 아기코끼리가 뛰듯

여기서는 작게
여기서는 크게
잘했을 때처럼
틀리지 않고 잘 넘어갔을 때처럼
그때 여기에서 반주와 안 맞았지
그때 이곳이 너무 느렸지

어느덧 마지막 도돌이로 돌아와
박수 소리는 터져 나왔고
얼음 같던 몸은 음표처럼 날아오르네
무대에서 빛나고 박수를 받은 나보다
형편없고 멋없던 내가 나를 성장 시켰다

우리 마을 반장님

오태림 1학년

공주시 사곡면 화월리 4반 반장 출동
오늘은 이장님의 셔틀

면에서 농기계 빌려드립니다
신청서를 접수해야 하오니
탈곡기가 필요하신 가구는
이번 주까지 신청서를 내주시길 바랍니다
핸드폰으로도 받는데
어르신들은 전화 주시면 제가 받으러 가겠습니다

잘 지내세요? 별일은 없으시고요? 아픈 데는 없으세요?
TV 뒤에 꽂아 둔 4반 주민들 전화번호부는
반장님의 중요한 재산
오후 내내 마을의 안부를 챙기는 동안
논이랑 산이랑 밭이랑
앞집 뒷집 사이의 담이랑
작은 골목길들 위로

주황빛 감 같은 저녁해도 쉬러 온다

난 살며시 반장님께
잔 하나, 소주병 하나, 라면 한 대접과 김치 한 접시 놓아드
린다
이장님 우리 아빠 예쁘게 봐주세요

봄비 흩날리는 길

임지은 2학년

하늘 위 물바가지 구멍이라도 났나
보슬보슬 봄비 내린다

집 가는 길모퉁이 빵집 생선이라도 굽나
고소한 빵 향기 안 나고 비린내 난다

물웅덩이 물고기라도 있나
뻐끔뻐끔 동그라미 생긴다

노란 물감이라도 풀었나
샛노란 송홧가루 물 위에서 헤엄친다

바람에 흩날린 봄비
솔잎 끝에 매달린 유리구슬

매일 숨 쉬던 공기가 오늘은 달라서
발걸음이 쉬이 떨어지지 않는다

잊지 않도록 깊게 들이마신다
내게서 떠나가지 않도록

나무아빠

김희수 3학년

배가 고파 아빠에게 전화를 걸었다
"아빠 나 배고픈데 카드에 돈 넣어줘."
"아빠 돈 없다 니 엄마한테 달라 해"
"힝 아빠 제발요옹~"
아빠는 말도 없이 끊어버렸다

속상한 마음으로 방문을 쾅 닫는 순간
띠링.
"2만 원 보냈다"

바람이 불지 않으면
절대 흔들리지 않는 나무처럼
우리 아빠도 무뚝뚝하지만
내 애교에 쉽게 움직인다
우리 아빤 나무아빠다

다른 엄마 품

임나현 2학년

아무도 없고 조용하고 덥기만 했던 나의 여름날
깃털 하나 없이 새하얀 마음을 얻고

느긋하게 최면 걸듯 돌아가는 선풍기 옆에
찬 그늘 바닥에 누워있으면
슬며시 편안한 마음이 찾아오드라
약하게 돌아가는 선풍기의 바람이
엄마 품처럼 부드럽고 포근하게 감싸는 기분이 들더라

밖엔 차 하나 지나가지 않고
새소리만 있을 뿐
마음이 맛있을 뿐

새근새근 잠이 오던
그때의 엄마 품 다시 느껴보고 싶네

바다 여행

가족들과 바다로 여행을 갔다
촉촉이 젖은 모래에서 나는 냄새
조개 사이를 지나가는 바닷바람 소리
우주 가운데 있는 것처럼 조용하다

문어 잡고 게 잡고 노을 지고
노을이 사과처럼 둥그스름하다

바닷속으로 해가 들어간다
하늘을 올려다보니 달이 떠 있다
"이제 내가 할 테니 좀 쉬어"
달이 웃으며 말하는 것 같다

바다 저 멀리
작은 불빛들이 희미하게 보인다

빈자리

김혜원 3학년

딸, 밥 먹고 가.
딸, 양치 해야지.
매일 들리던 잔소리
어느 날부터인지 들리지 않네

호흡기 낀 채로 소파에 누워
학교 가는 나를 바라보던 엄마

집이 아닌 병원으로 향하는 나의 발걸음
엄마의 숨소리는 가빠오고

이젠 소파가 아닌 병원 침실에서
나를 바라보는 엄마

울고 있는 날 힘없는 팔로
쓰다듬어주던 엄마의 마지막 온기

이별

김혜원 3학년

일을 마치고 집으로 돌아오면
또 다시 집안일, 병간호
아빠의 반복되는 삶

엄마와 헤어지기 위한 준비
처음으로 아빠의 눈물을 본 날

아빠의 눈은 서글퍼보였고
엄마의 눈은 행복해보였다

"윤자야, 미안하다."
"여보, 고생했어."

처음이자 마지막인
엄마와 아빠의 이별

할머니의 마음

우리 집 은행은 다른 집보다 알이 크다
할머니께서 수놈, 암놈을 섞어서 심으셨기 때문이다

해마다 은행이 열리면
아빠는 은행을 털고
엄마, 나, 동생은 떨어진 은행을 줍는다
노란 은행잎이 살랑거리며 바람을 탄다

큰 비료 포대에 은행을 넣고 며칠간 둔다
봉지를 열면 썩은 냄새가 확 올라온다
마당 수돗가에서 은행을 망에 넣고 발로 밟는다
껍질을 까고 물에 넣어 은행알을 골라낸다

우리는 은행을 깨끗이 해서 담아둔 후
한주먹씩 꺼내 먹는다
그래서 건강한 것 같다
할머니께 말씀드리고 싶다

"우리 잘 먹고 있어요."

이것이 할머니의 마음인 것 같다

공감 없는 위로

박연진 3학년

어린 여동생과 집 앞에서 그네를 타고 있었다
엄마의 전화가 걸려온다
"얼른 준비해, 마지막일 수도 있어"
바로 알 수 있었다
'할아버지'

육십 네 살, 아직 너무나 젊으신 우리 할아버지
타지에 일하러 가셨다가 뇌경색으로 쓰러지셨다
눈물이 흘렀다
그 순간
"언니, 저거 나비야?"
동생의 물음
"응, 나비야"

동생은 너무 어리다
나의 슬픔을 알 수도,
공감할 수도 없다

철없는 동생의 물음이 위로가 되었다

고마워, 동생아!
네가 크면 꼭 고맙다고 전할게

시들지 않는 꽃

신유진 3학년

"아이고 똥강아지 할머니랑 윷놀이할까?"
물어보시던 외할머니

놀아주셨던 게 피곤하셨는지
나의 손을 꼬옥 맞잡고 곤히 잠드신 외할머니

내 손처럼 작고 고왔을 손
소녀 시절을 품은 주름진 손
배추꽃 같은 소녀
옆에서 살랑이고 있는 배추흰나비

오랜 세월이 지나 마주 본
시들지 않는 배추꽃 옆에는
여전히 배추흰나비가
날개를 살랑이며
배추꽃 옆을 맴돌고 있다

고양이

강채원 2학년

쭉 늘어나는 게
치즈 같아서
어디까지 늘어날까
보고 있는데
톡 건들면
끊어질까
그만두었다

꽃과 나비

채송희 3학년

바람에 맞고 주룩주룩 내리는 비에 젖어
시든 콩나물처럼 축 처져 있는 꽃
어떻게 알았는지
찾아와 주는 나비
옆에 앉아 조용히
이야기를 들어준다
꽃이 아름답고 향기로운 이유는
누군가 그의 이야기를 듣고
위로해줬기 때문이다

그 거미

박서진 3학년

대롱대롱 매달린 거미

거미줄을 꽉 끌어안은 거미는
빗방울 하나에도 크게 흔들리지만
절대 떨어지지 않는다

초등학교 4학년 때
왕따를 당한 친구가 있었다

나는 그 애의 친구였다
왕따라는 것은 분명 친구가 없는 것인데

홀로 선 나무 같은 친구에게 불을 던지는 아이들을
나는 그저 바라만 보고 있을 뿐이었다

내가 그때 그의 튼튼한 거미줄이었다면
견딜 수 있지 않았을까

위태로운 거미를 모른 척 했던 내가
그 무엇보다 거친 바람이 아니었을까

2부

조용한 날이 없다

조용한 날이 없다

이효춘 3학년

새벽에 방문을 쾅 여는 소리와 함께
배그 총소리를 내 귀에 다다다다닥 박아주는 남동생
이어폰도 없이 생생하게 울려 퍼지는 게임 소리
너 왜 게임을 내 방에서 해, 잠도 못 자게!
엄마가 시끄럽다고 누나 방에 가서 하래

아침 7시, 문이 벌컥 열리며
쏟아져 들어오는 강아지 울음소리
온라인클래스도 시작 안 했는데
귀를 찌르는 알람 같은 소리
내 단잠이 깨지거나 말거나
달려 들어와 드라이기를 가져가는 오빠

9시, 따발총 잔소리를 장착하고 들어오는 엄마
효춘아! 일어나. 밥 먹어, 살 좀 쪄야지 키도 커야지
방 좀 치워! 온라인클래스는 언제 하니?
밥그릇도 치워라, 왜 밥을 방에 끌고 들어와서 먹니?

먹을게! 먹을게! 먹는다고
살찌고 있어요오
제발 좀 나가
닥쳐! 이 강아지야!
내가 화산처럼 폭발하면

엄마는, 그닥 미안하지 않은 표정으로 미안미안
오빠는, 뭘 그런 걸 가지고 화를 내고 그래, 울어? 그렇다고
또 뭘 울어
동생은, 아~ 울 수도 있지

왈왈 강아지 알람
다다다다닥 배그 따발총 소리
내 방을 그렇게도 좋아하는 우리 식구들

우리 오빠

송지원 3학년

오빠가 군대에 갔다
이제 집에 돼지라고
뚱땡이 뚱뚱보라고
키 작다고 놀리는 사람이 없다

내 반찬 뺏어 먹고
집에 일찍 들어오라고 잔소리하고
엄마한테 이르는 오빠도 없다

오빠 노트북도
오빠 후드티도
오빠 컴퓨터도 내 맘대로 다 할 수 있다

이제 집에 놀리는 사람도
반찬 뺏어 먹는 사람도 없고
오빠 후드티 노트북 다 내 맘대로 할 수 있는데
기분이 싱숭생숭하다

오빠 휴가 나오면
치킨 사줘야겠다

엄마는 일단

박지우 3학년

엄마는 일단 화를 내신다
옷을 살 때마다
"있는데 왜 또 사니? 사지마!"
그래도 나는 굴복하지 않고 옷을 산다

띵동! 띵동!
내 옷이 있는 택배가 오면
"이쁘네 잘 샀다"
누구보다도 열심히 칭찬해줄 거면서

우리 엄마는 일단 짜증을 내신다
화장품을 산다고 하면
"학생이 무슨 화장이야!"
그리고 한 시간 뒤,
"올리브영 가자"

올리브영에서

알바생보다 더 열정적으로
나에게 어울리는 것을 골라주신다

드라마 연기

양서린 3학년

드라마를 보다 보면
주인공이 너무 멋져 보여
살며시 방 안에 들어간다

거울을 보며 따라해 본다
주인공이 하던 표정, 말투, 행동
거울에 비추어지는 나의 어설픈 연기가 웃기다
하지만 멋지다
나름대로 노력하는 나의 모습
가끔 밀려오는 쪽팔림은 어쩔 수 없지만

배우들처럼 자연스럽게 하고 싶은데
고장 난 로봇처럼 말하고 행동하니

뭐, 조금씩 노력하면
더 잘할 수 있겠지

그러지 말지

이하나 3학년

지난 추석, 사촌 오빠를 살살 구슬러 엄마를 설득했다
엄마의 확실치 않은 대답
그냥 지르라는 오빠의 말대로 무작정 뚫었다

불 꺼진 깜깜한 거실에서 나를 기다리고 있던 엄마
눈은 바닥에 고정한 채 두 손을 모으고 살금살금 들어왔다

"지금까지 뭐 하다 들어왔니?"

깊숙한 꼬리뼈부터 척추를 타고 서늘한 바람이 불어왔다
아무 말 없이 뚫은 양쪽 귀를 보여주었다
나를 옥죄어 오는 조용한 침묵

엄마 말이 말 같지 않냐,
제일 무서운 조곤조곤 말하기 기술이 나온다
손에 땀을 쥐던 시간이 끝나고 빨리 방에 기어들어가라는 엄마의 말

2부 조용한 날이 없다   55

후다닥 들어갔다
된통 깨지고 이삼 일간 눈칫밥 먹으며 마음고생 하던 나
지금은 엄마랑 같이 피어싱을 고른다

엄마도 뚫을 거면서
그때 왜 그랬어

부부

강하연 2학년

저녁 8시, 일주일을 기다린 드라마를 보러
채널 7번을 튼 뒤
소파에 나란히 한쪽 다리를 올려 앉아
잔을 들어 맥주를 마실 때
부부는 세상 다 가진 표정으로 웃는다

불을 끄고 스탠드를 가까이 끌어온 뒤
영화 끝 장면에
주인공이 죽는 모습을 볼 때
부부는 마치 자기 일처럼 운다

술 먹고 어디 간지도 모르는 아빠의 양말과
엄마의 잔소리
언제부터인지 쌓이고 쌓여
한 달에 한 번 뻥튀기처럼 폭발할 때
부부는 서로 나가라며 싸운다

싸우고 난 7일 뒤쯤
누군가에게 말하고 싶어질 때
부부는 똑같이 말한다
"다시 생각해도 내가 잘못한 일이 아닌 것 같다니까, 안 그
러니?"
나는 둘 다 잘못한 걸 알아 답답하지만
불 튀게 싸운 뒤 다시 맥주캔을 따고 웃을 걸 알기에

누군가 내게 결혼해 부부가 될 거냐고 묻는다면
내 대답은 "응"일 것이다

딸 셋, 아들 하나

오래은 3학년

우리 엄마는 날 낳고 우셨다
딸만 셋이라서
엄마 거기서 그만하면 됐잖아요
왜 동생을 낳으셨나요

동생이 방문을 '쾅' 열고 들어왔다가 그냥 나간다
문을 안 닫았네?
문 닫으라고 소리를 질러보지만
돌아오는 건 침묵뿐
난 쿵쿵거리며 나간다

야! 문 닫으라고 했잖아
돌아오는 건 '탕탕탕' 게임 소리
더 못 참는다
팍, 내가 먼저 때렸다
어? 나도 맞았네
시작되었다 '개싸움'

서로 머리채를 잡으며 발로 찬다
난 맞았다
동생이 태권도를 다녔다는 걸 생각 못했다
변수다

동생은 엄마에게 달려가 피멍 생겼다고 말한다
침대를 밀어 방문을 막았다
엄마는 둘 다 집 나가라고 말한다
꼬르륵, 내 배에서 천둥이 친다
자존심을 지키기 위해 밥을 안 먹었다

우리 집 가족들은 저런 동생을 왜 좋아할까
남자라서? 막내라서?
동생과 말 안 한 지 일주일째
이따 잘 때 몰래 때려야지

갱년기가 찾아왔다

이아진 2학년

갱년기 코로나보다 무서운 질병
외국인도 한 번쯤은 거쳐 간다는 갱년기

엄마한테도 찾아왔다
내가 뭐 말만 하면 다 듣기도 전에 화 먼저 낸다
"엄마 내일 뭐…?"
"내일 일을 지금 어떻게 아니"

춥다, 문 닫으라 하고
1분도 안 돼서 덥다고 문 열라고 하신다

네이버 검색창에 갱년기 기간을 찾아보니
짧으면 3년, 길면 10년
나의 마지막 바람은
엄마의 갱년기는 3년이길

남매

조연우 3학년

베개를 머리맡에 두고 영차영차
윗몸을 일으키며 운동을 한다
쿵.
갑자기 정적이 흐른다
난 봐버렸다
오빠 손에 들려있는 베개
오빠의 웃는 얼굴

큰맘 먹고 산 초코소라 빵
유튜브에서 방탄을 보며
초코소라와 우유를 먹는 행복한 상상
집에 오자 침대에 이끌려 눈이 감긴다
일어나자마자 달려간 식탁이 텅 비었다
불안한 마음으로 오빠 방을 여니
바닥에 굴러다니는 빵 봉지
한동안 오빠와 말을 하지 않았다

시험공부를 하는데
방문이 열린다
큰오빠가 무심하게 선풍기를 틀어준다
잠시 뒤 작은오빠가 사과를 책상에 놓고 간다

우리는 남매다

천적

노윤서 3학년

우리 엄만 벌레를 기가 막히게 잘 잡는다
바퀴벌레가 나와도 걸레로 퍽.
돈벌레가 나와도 휴지로 퍽.
내가 너무너무 무서워 난리블루스를 추면
엄마가 "네가 더 무서워" 이런다

그런 엄마가 갑자기 비명을 질렀다
왜 그런가 봤더니
바퀴벌레도 아니고 돈벌레도 아닌
바로 민. 달. 팽. 이.
조그마한 달팽이 하나 때문에 저 난리를 치고 있다
엄마, 엄마가 더 무서워

엄마

전소연 1학년

"안돼"
난 아직
"엄마, 있잖아"
밖에 안 했는데

동시상영

양한비 | 3학년

오늘은 내가 좋아하는 드라마 하는 날

두 주인공이 다투는 장면
몰입해서 감탄하는 내 앞에 펼쳐진
또 다른 드라마
그 이름 부부싸움
내가 맨날 술 마시는 것도 아니잖아, 걍 어쩌다 한 번…
아빠가 어물어물 말하면
알아듣게 말해!
엄마가 버럭버럭 소리치고
하아, 아빠가 한숨 쉬면
뭘 잘했다고 한숨이야?
엄마가 뒤따라 쏘아붙이고

똑같이 싸우던 드라마 속 주인공들은
결국 울며 얼싸안고 화해했는데
엄마랑 아빠는 아직 냉전

오늘은 내가 싫어하는 드라마도 하는 날

현실 남매

노현희 | 2학년

엄마 아빠 앞에선
꼬리를 살랑살랑 흔들어 대며 배를 깐다
자기 예뻐해달라고 애교를 부리는 거다

언니들 앞에선
귀와 꼬리를 축 처지게 놓고
불쌍한 척 착한 척
심부름을 시키면 방긋 웃으며
"네" 대답한다

하지만 내 앞에선 귀와 꼬리를 다 세우고
조금만 건드리면 물 것처럼
이빨을 보이며 으르렁거린다
누가 보면 내 동생과 내가
4살 차이가 아니라 4분 간격인 줄 알거다
내 동생이 진짜 개라면
난 100번 물리고도 남았을 거다

엄마다! 부릉부릉 타박타박

강수현 2학년

비는 마음을 아는 걸까
우물에서 넘친 물처럼 주르륵주르륵 내리네
혹여나 치킨 배달을 하시다 다치시진 않을까?

나는 엄마를 기다릴 때 민들레꽃 자리 같다
엄마는 꽃을 품은 민들레 씨앗
나는 엄마가 피어날 자리

춥디추운 자정이 돼서야
부릉부릉 소리를 듣는다
다친 덴 없는지 몸은 안 아픈지 물어본다

엄마의 답은 항상 "괜찮아"
엄마를 믿고
난로처럼 따뜻한 장판을 틀고
엄마와 함께 잠을 청한다

뜨거운 손

이지연 2학년

할머니 생신 점심을 먹으러 차를 타고 가는 길
할머니가 내 손을 잡았다
할머니와 나는 손을 잡은 적이 없기에
나의 손과 몸은 얼음이 되었다

5분, 10분, 15분
손바닥은 뜨거워졌다
손을 뗄 수 없어 가만히 있었다
땀이 찬 할머니의 손은 매끄러웠지만 거칠거칠하기도 했다
차 안의 서먹함은 말할 필요도 없었다

이제야 생각한다
할머니와 나의 손안에는 서먹함과 땀 말고
또 다른 하나가 있었다
그것은 할머니의 사랑이었다

하루 전

임서현 3학년

하루 남았네 기말고사
시험 기간 한 달 전에 잡았는데
밤을 새운다 이제서야
하루밖에 안 남으니
실감 나네!
공부할 건 산더미고
핫식스는 쌓였는데
눈치 없이 눈은 감기네
우리 엄마 내 맘 모르고
방문에 대고 소리친다
우리 딸 내일 백 점?

장남의 무게

김시은 3학년

스무 살이 되어 대학교에 다니는 큰 오빠
장남의 무게 때문인지 돈 달라고 한 번을 안 한다
오빠는 엄마에게 이렇게 말한다
"용돈 안 줘도 돼. 알바해서 폰비, 방비, 내가 다 낼게."
저 말을 들은 나는 좋지만은 않은 마음이다
나는 오빠와 가끔 인생 얘기를 한다
그럴 때마다 오빠가 하는 말이 있다
"지금 너의 위치에서 더도 말고 덜도 말고 열심히 하면 지금
의 오빠 삶보다는 값진 삶을 살 수 있을 거야."
내가 오빠에게 하는 말은 언제나
"왜. 오빠의 지금 삶도 충분히 값진 삶이야."

놓친 버스

김해린 3학년

늦게 끝난 종례 후 후다닥, 3시 26분 차를 타러 정류장으로
아니나 다를까 북적북적 사람들을 가득 태우고 가버리는
버스

다음 버스는 4시 9분 차
야호! 자리가 있네
버스를 안 놓쳤으면 앉아서 못 갈 뻔했다
와, 창문 밖으로 보이는 푸른 하늘 위 새하얀 솜사탕
버스 안 놓쳤으면 예쁜 풍경 못 볼 뻔했다

항상 서두르는 나
때로는 조금 늦는 것도 나쁘지 않다

비행

이혜인 3학년

설레는 마음 부여잡고 도착한 공항
저마다 무거운 짐 가방을 끌고
그치만 웃음 가득한 얼굴들

출발을 알리는 기내방송
흔들리는 비행기 울림들
나는 아직도 그 자리

여느 때 나처럼 치열하게 올라
주어진 길로 날아가는
내가 타고 가는 비행기

땅 위에 모든 것을 놓고
하늘 위로 그 위로 올라
고민은 깃털처럼 가벼워지는 마법
위로 위로 갈수록 땅의 모든 것이
작은 인형 마을로 변하는 마법

나의 고민이 모두 다 작아지는 마법

포근하게 날 감싸 안은 담요
가끔씩은 모든 것을 내려놓고
내가 만든 큰 세상을 바라보는 나

3부

원격수업의 시대

여름 등교 개학

이주혜 | 2학년

찬바람에 루돌프 코가 되는 3월도 아닌
온 세상에 분홍색 빛이 도는 4월도 아닌
형형색색 꽃들과 인사하는 5월도 아닌
정수리가 뜨겁게 타오르는 6월의 개학

조용한 학교에 여름과 함께 학생이 왔다
모두가 하얀 마스크 안에 갇혀 교실에 앉아 수업을 듣는다
공기가 뜨거웠던 교실도
만남의 광장이던 복도도
웃음이 끊임없던 급식실도
내 저금통인 듯 조용하다

그 누가 알았을까
우리의 삶이 이렇게 변할지
마음껏 떠들 수 있었던
마음껏 만질 수 있었던
그때의 우리가 부럽다

원격수업의 시대

오혜은 3학년

사모님이 출근하실 때면
가정주부의 일도 시작

사모님이 출근하기 전 어지른
옷가지들을 치우네

빨래를 돌리고, 설거지를 하려고 보니
구멍이 나 있는 고무장갑
사모님께 연락한다
"오실 때 고무장갑 좀 사다 주세요"
사모님이 고무장갑을 사 오니
신나서 설거지 시작

하루 종일 집안일 하네
하지만 일당 없음
힘들어서 그만둘까 하다가
숙식 제공에 참는다

원격수업을 하지 않았더라면
알 수 없었던 엄마의 일상생활

매일 아침

터벅터벅 학교 현관을 들어서는 우리들
나를 지켜보는 열화상 카메라 앞에 긴장된 마음으로 멈추었다
뿌직하고 내뱉은 소독약을 받아든다
손을 마구 비비면서
꾸리꾸리 냄새가 나는 신발장을 연다

힘없이 무한의 계단을 올라 교실에 도착
마스크 위로 눈만 보이는 친구들의 모습
티가 안 나는 웃음만 나눈다
조심조심 답답한 목소리로 이야기를 하다보면
어느 샌가 선생님이 문을 여시고
자가진단 다했구나
안심하시는 선생님의 목소리
곧바로 수업 시작을 알리는 종소리가 울려 퍼진다

사각사각 연필소리
바뀌지 않은 건 연필소리 뿐

온라인 수업

유지오 3학년

아, 자고 싶다
뼛속까지 시린 에어컨 바람만 아니라면
잘 수 있을 텐데
눈에 불을 켜고 수업하시는 선생님만 없어도
잘 수 있을 텐데
시끄럽게 떠드는 친구들만 아니라도
잘 수 있을 텐데

그런데 이제는
그것들이 없으면 잠이 오질 않네

학교에서 자고 싶어라

어린 그 아이

최솔잎 3학년

불쌍하다는 눈빛을 하면서도
도와주는 사람은 없었다
애처로운 울음소리가 잦아듦과 함께
우리들의 마음은 타들어만 갔다
발견했음에도 크게 도울 수 없는 현실이
나를 더 아프게 하는 것 같다

반복하던 발작이 그치면서
고양이는 무지개 다리를 건너고야 말았다
도움이 있다면 살 수 있는 희망 속에서

하굣길 주차장에서
살려 달라 울부짖던 고양이를 봤다

당연한 것

이서윤 3학년

함께 떡볶이를 나눠 먹는
나란히 책상에 앉아 공부하는
너와 마주 보고 크게 웃는
우리에게 당연했던 그것

코와 입을 가리는
열이 나는지 이마를 확인하는
두 팔 벌려 떨어져 걷는
우리에게 당연해진 그것

지나간 시곗바늘처럼
다시 올 수 있을까?

화장실 갈 사람!
너도나도 같이 가던 화장실
1분이라도 빨리 먹자
바짝 붙어 가던 급식실

마이크 하나로 너 한 번 나 한 번 부르던 노래

코로나19의 벽에 갇혀 생각한다
조금 참지 못해 함부로 누리던
이제 오래 참아야 할지도 모를 자유
그 잃어버림의 시작에 나는 없었을까

분침

이지영 3학년

우리 가족은 방학 때면 여행을 떠난다
엄마는 이틀 전부터 여행 갈 준비를 한다
아빠와 나는 여행 가는 당일에 준비하기 시작한다

우리 가족은 시계 같다
뭐든 빠른 엄마는 초침
느릿느릿한 아빠와 나는 시침

나는 시계의 분침을 닮고 싶다
초침처럼 너무 빠르지도 않고
시침처럼 너무 느리지도 않은
지쳐도 시침, 초침과 함께 움직이는
나는 그런 시계의 분침을 닮고 싶다

아빠의 만 원

황유진 3학년

조용하던 내 폰에 울리는
알람 소리
까톡.

누구지?
"아빠님이 10,000원을 보내셨습니다."
앗싸! 너무 신난다

답장을 보낸다
"아빠 고맙습니다♡♡"
아빠의 답장은 항상
눈에서 하트 뿅뿅 날리는 이모티콘
완전 귀엽다

"아빠가 한 건 하는 날마다 보내는 거야~"
나는 말한다
"쉿! 엄마한텐 비밀로 해야지~"

아빠와 나는 눈빛을 주고받는다
이렇게 우리만의 '무언의 약속'이 생겼다

나와 똑 닮은 아이

송유민 3학년

나와 똑 닮은 아이가 있어서
엄마에게 달려가 지금의 나와
똑 닮았다고 말했다
엄마는 그 시절을 그리워하듯이
웃으시며 엄마의 어릴 때 사진이라고 하셨다
엄마와 나랑 똑 닮았다는 것이 신기하였다
미처 생각하지 못했었다
엄마에게도 지금의 나처럼 유년 시절이 있었다는 것이

벌레

김태연 3학년

다섯 살 때
우리 할아버지 머릿속엔
기억을 먹고 사는 벌레가 살았다

엄마, 왜 할아버지는 나한테 누구냐고 해?
응, 할아버지 머릿속에 기억을 먹고 사는 벌레가 살아서 그래
벌레가 할아버지의 좋은 기억, 나쁜 기억을 다 먹는다는 게
무서워
어린 마음에 에프킬라를 들고 다녔다

요즈음 돌아가신 할아버지 얼굴을 떠올려도
더는 기억이 나질 않는 게
내 머릿속에도 기억을 먹고 사는 벌레가 사나 보다

아빠 사진

최하연 3학년

오래된 앨범 상자 속 발견한 아빠 사진
지금이랑 다른 아빠가 사진 속에서 날 보며 웃고 있다
우와 이게 누구야~?
신기해하는 엄마와
머쓱하게 웃으며 부끄러워하는 아빠

사진을 3분 동안 들여보며 엄마와 나에게 그때 당시 얘기를
해줬다
5분 정도가 지났을 때 아빠는 말이 없어졌다
엄마와 나는 아빠를 쳐다봤는데
아빠는 우리의 시선을 피했다

자기 울어?
엄마의 말에 곧
아빠는 고개를 숙였다

처음 보는 아빠의 눈물

엄마와 나는 말 없이 아빠를 안아줬다

할머니

오가람 3학년

유치원 버스에서 내려
집으로 걸어가는 길엔
꽃향기보다 할머니가 끓인
된장찌개 냄새가 더 진했다

비가 오는 날엔 할머니가
우비를 입고 마중 나왔고
천둥 치는 밤엔 귀를 막아주는
할머니와 같이 잤다

흔들리는 이를 실에 묶어 뽑아준 것도
구구단을 가르쳐준 것도 할머니이다

하지만 할머니는 이제 없다

지금 나는 천둥을 무서워하지도
이가 흔들리지도

구구단을 못 외우지도 않는다

차라리 천둥이 무서워지고
아프게 이가 흔들리고
구구단을 못 외우는 대신에
할머니가 돌아오면 좋겠다
할머니 보고 싶다

하얀 민들레

박은지 | 3학년

새하얘진 머리카락이
푸스스 날아갈 것 같았다
민들레 씨앗처럼

쨍쨍한 햇빛에 익어가는 매미 소리
가득한 창가에
잠잠히 앉아 계신 할아버지
홀로 겨울을 맞이하신 듯
뒷모습이 외롭다

봄이 오길 바랐다
다시 잎은 돋아나고
노란 꽃잎은 피어나서

당신이 이룬 꽃밭에
깊게 뿌리 내리길

하늘

윤지수 1학년

어릴 땐
뛰어다녔는데

이젠,
가방이 무거워
걸어 다닌다

가벼운 가방 메고서는
하늘을 많이 봤었는데

지금은,
무거운 가방 메고
하늘을 못 보겠다

이 더운 날
무거운 교과서 메고 걸어 올 땐

고개가 아래로
내려가 져

김민지

김민지 | 2학년

분명 8월 달력을 찢을 땐데
옷의 길이도 바뀔 텐데
나의 학년도 올라갈 텐데
머릿속은 언제나 여름이다
하늘이 높아지는가 싶으면
다시금 장마가 몰려오는
그런 여름이다

축축하고 기분 나쁜 생각이 젖어든다
친구가 우산을 씌워줄 때도
금방 그칠 때도 있지만
쏟아지는 생각들의 홍수가 나기도 한다

푸른 하늘만을 눈에 담고
색색의 물든 나무를 올려 보다
귀여운 눈사람도 만들고 싶은데
지겹도록 반복되는 장마

끝나지 않을 나의 여름이다

꿈

임나영 3학년

어두운 하늘 같은 머릿속에
분명히 가득 차 있는데

마치 별처럼 닿지 않는다

무력하고 우울한데
생각만 해도 행복하다

이것저것 더 밝아 보이는 것으로
가리고 숨겨서

진짜 빛나는 것은
나만이 아는 조용한 곳에서 본다

평생 안 될 것 같은
꿈 같은 꿈을 꾸며 계획을 세운다

내 꿈은

지구가 더 오염되기 전에
내가 직접 두 눈으로
북극에 있는 오로라를 보는 것이다

공주의 밤

오가람 3학년

서울에는 야경의 밤이 있고
시골에는 반딧불이의 밤이 있고
무르만스크에는 오로라의 밤이 있고
후쿠호카 하카타에는 축제의 밤이 있고
사하라 사막에는 별빛이 쏟아지는 밤이 있다면
공주에는 공주의 밤이 있다

야경보다 빛나고
반딧불이만큼 귀한
축제처럼 설레며
오로라보다 신비로운 밤

보름달처럼 둥근 자태
아침 이슬 빛나는 옷
백제 축제에 빠지면 서운한 주인공
줄 서서 기다리게 하고
마침내 설렘을 안겨주는

뽀얀 속살
공주의 밤

아기 볼처럼 매끈하고 달콤해
엄마도 한잔 하는 알밤 막걸리
입안에서 녹는 알밤 한우

그 어느 나라의 밤보다
따뜻하고 정 깊은 밤은
매력 만점 우리 공주의
알밤

4부

끝났네 끝났어

비 오는 날

박영서 2학년

지붕 밑에 옹기종기 모여있는 빗방울
옹기종기 비를 피해 모여있는 우리들

타닥타닥 떨어지는 빗방울
비를 피해 타닥타닥 뛰어가는 우리들

이렇게 다시 보니
닮았네, 닮았어

저녁채기

김수아 2학년

상콤한 아침
찬바람
간지르르
들숨으로 들어온다

H!
H!

코털 청소까지
싹
하고 나가버렸다

깔끔!

너무 닮았으네 닮았어   **105**

순발력을 길러야 하는 이유

이시민 1학년

쉬는 시간 종이 울리면
아이들은 칠판 앞으로 몰려간다
수업시간부터 졸더니 쉬는 시간이 되자마자 엎드려 자는 애들
헤어 롤을 말고 뒷자리 애와 수다 떠는 애들
눈에 불을 켜고 다음 수업 밀린 숙제를 하는 애들도 있다

몰려간 아이들은 여기저기 낙서를 한다
옹성우♥
김예서 바보
수학 싫어
집에 가고 싶다

"선생님 오신다"
아이들은 빛보다 빠른 속도로 낙서를 지운다
문이 열리고
낙서를 미처 지우지 못한 예서만 칠판 앞에 남아있다
선생님이 외친다

"김예서 벌점!"

예서가 불쌍한 표정을 지으며 말한다
"다른 애들도 했어요!"
하지만 예서의 말은 이미 닫혀버린 문에 튕겨져 나온다

유진이의 앞머리

지금은 조회 끝나고 쉬는 시간
오늘 3학년 3반에 오픈한 솔잎 미용실
원장은 최솔잎, 보조는 나
첫 손님은 이유진

주변에서는 빨리 자르라고 재촉하고
솔잎이는 유진이의 앞머리를 붙들고
주춤거리는 중

솔잎이도 쿵쾅쿵쾅
유진이도 쿵쾅쿵쾅
나도 쿵쾅쿵쾅

싹둑- 싹둑-
조금은 귀엽고 조금은 우스워진 유진이
그런 유진이가 거울을 볼 때
솔잎이와 나는 멀리 도망 중

없어진 나의 앞머리

이유진 3학년

현진이가 앞머리를 짧게 잘랐다
현진이어서 귀엽다

그다음은 다경이가 잘랐다
다경이어서 이쁘다

나는 몰랐을 거다
다음 타깃이 나라는 걸

솔잎이와 윤서가 자르기로 했다
솔잎이는 자르고 윤서는 아래에서 받아주고

처음엔 고민도 했다
자를까? 말까?
그냥 질러보자
미래의 나야 부탁해

처음에는 조금 짧았던 앞머리
점점 올라가는 나의 앞머리
어느 순간 눈썹이 보이며
애들이 소리를 친다
잘 어울린다고 한다

내가 거울 앞으로 다가갈 때 윤서와 솔잎이는 나를 보며
교탁 쪽으로 도망을 갔다

곧 졸업사진 찍는데

공부만 하려면

임정연 1학년

엄마가 공부하래서
책상에 앉긴 앉았는데
풀기는커녕 글자도
눈에 들어오지 않는다

주변의 물건들이 나를 부른다
"나 좀 치워줘"
"나랑 놀자"
공부만 하려면 꼭 부른다

놀다가 시계를 보니 벌써 시간이 훌쩍 가 있다
이제 진짜 공부하자고
굳게 마음을 다잡는다
벽이 나를 뚫어져라 쳐다본다
벽과 이야기하다 보니 또 시간이 흘렀다
이번엔 침대가 나를 부른다
"공부하지 말고 이리로 와."
이번에도 역시 넘어가 버렸다

사춘기

유시연 3학년

동생에게 사춘기가 왔다
"너 사춘기냐?"
"아니거든!"
소리를 빽 지른다
너무나도 확실해졌다

내가 이렇게 생각하는 이유는
첫째, 동생이 반항을 한다
물 떠와, 하면 알겠어, 하던 동생이
"싫거든! 언니가 떠먹어!"
큰소리로 화를 낸다 무섭다
둘째, 시율아~ 하고 불러도 대답을 안 한다
안 들은 건지 못 들은 건지

"이불 정리해"
엄마가 말씀하시면 못 들은 척
"빨래 개 놓은 거 넣어 놔"

하면 자는 척
보다 못한 내가 꾸짖으면 우는 척
거의 뭐 아역배우

"너보고 배운 거잖아"
엄마는 내 탓을 한다

나도 저랬었나?

우리 사이

이새나 3학년

상대가 좋아하는 연예인 욕하는 사이
치즈볼 하나라도 서로가 먹으려고 하는 사이
생일선물도 싼 거 주려고 하는 사이
만나면 핸드폰만 하는 사이
하지만
편지 내용은 비싼 거 주는 사이
핸드폰만 해도 어색하지 않은 사이

내 남자친구

이채원 3학년

오늘은 엄마에게 남자친구 소개하는 날
궁금함 반, 걱정 반, 복잡한 엄마의 표정
엄마, 걔는 모르는 게 없어
머리가 정말 좋은 거 같아!
어떤 옷을 입어도 잘 어울리고
눈은 반짝반짝해
그리고 걔는 나밖에 몰라
오랜 시간 그 애의 장점만을 강조해 만나는 오늘
두근두근 설레는 마음

엄마 바로, 얘야

하얀 피부, 각진 어깨, 동그란 눈
매장 언니 손에 이끌려 오는 그 아이
이름은 아이폰 SE2'
드디어 만났다

엄마, 내 남자친구야

모래맛 사탕

놀자! 학교가 끝나자마자
우리들의 발은 꺄르르 웃으며 놀이터로 달렸다
까끌까끌한 햇빛, 밀색 모래에 찍히는 발자국들
책가방을 벗어 던지고 뛰어다니는 웃음소리
누구의 것인지 모를 땀 냄새가 난다

느티나무 가지를 타고 올라가는 작은 발들
주머니를 뒤져보면 언제 샀는지도 모르는
과일향 사탕, 조금 녹아 끈적한 사탕
서걱서걱 까끌까끌한
모래 냄새 과일 냄새 뒤섞인
지금도 기억하는,
다시는 맛볼 수 없을 것 같은
가장 달콤하고 맛있는 사탕

아빠에게 자녀를 맡기면 안 되는 이유

정찬송 3학년

엄마가 싸준 물통
아빠가 싸준 물통

엄마는 어젯밤부터 열심히 끓인 보릿물
아빠는 그냥 물

엄마가 차린 밥상
아빠가 차린 밥상

엄마는 제육볶음, 조개구이, 양념게장, 잡채
아빠는 고추장 볶음밥

엄마는 좀 더 좀 더 좀 더 잘
아빠는 그냥 그냥 그냥 쩔

미숫가루

소유빈 3학년

준비를 마치고 휴대전화를 만지작거리고 있을 때
방으로 들어오신 아빠
일찍 일어났네, 다정스레 건네는 말씀
응, 인상을 찌푸린 채 폰만 바라보았다
아빠는 내 주변을 서성이다 나가셨고
뒤늦게야 바라본 아빠의 뒷모습은 축 처져 있었다

아빠는 큼지막한 손으로 작은 숟가락을 잡은 채
휘휘 저으며 미숫가루를 타고 있었고
차마 미안하다는 말을 꺼내지 못했다

"학교 다녀오겠습니다."
아빠는 미숫가루를 건넸다
미숫가루를 마시며 바라본 아빠는
언제 이렇게 나이가 드셨는지
주름진 얼굴로 포근한 이불처럼 웃고 있었다
맨날 툴툴거리는 딸이 뭐가 좋다고 웃는 건지

"딸 잘 다녀와."
목구멍이 턱 막혀오는 것은
다 풀리지 못한 미숫가루 덩어리 때문이겠지

엄마의 엄마

강서연 3학년

어두운 방 한 켠에서 흐느끼고 있는 엄마를 보았다
처음 보는 엄마의 눈물이었다
무거운 것도 번쩍번쩍 들던 우리 엄마가 여린 소녀 같았다

엄마 왜 그렇게 슬프게 울어요?
엄마는 애써 웃음을 지으시며
서연아 너에게 이런 모습 보여줘서 미안해
엄마도 오늘은 엄마가 보고 싶어

엄마를 안아드렸다
내가 할 수 있는 건 이것뿐이었다

기억할 거야

박정민 3학년

친구 없이 중학교를 혼자 온 나
친구가 되어준 너희들을 만났던 날
처음 반장선거 나가서 떨어져서 울었던 날
아침 도서관 사서도우미가 된 날
가야금 동아리에서 대회 나가 은상 탄 날

2학년 때 새로운 친구 김지은 사귄 날
과학과 그림 동아리에서 언니들 만난 날
기말고사 보고 운 날
학교 행사 부스 언니들과 준비한 날
언니들이 졸업한 날
코로나 터진 날

3학년 되고 친구가 갑자기 대화를 안 한 날
사이가 멀어진 날
다시 기말고사 보고 운 날
고등학교 준비하고 있는 오늘날

시 쓰고 있는 이 순간도
나는 기억할 거야

잊고 싶지 않아

나는 나야

전은정 3학년

미소 짓기 브이 꽃받침
내가 거울 볼 때마다 하는 짓
어떤 날은 예뻐 보이고
어떤 날은 못나 보이고
볼 때마다 다른 거울 속 나

매일 혼동의 연속
거울에 내가 못나게 비치면
미워하며 보지 않으려 애쓰다
문득 스쳐 간 생각

'뭐가 됐든 나일 텐데'
이후론 거울 속 나를 보며
한 번씩 씨익 하고 웃음을 준다

반달

성현주 1학년

방과후가 끝나 간식시간
머리에서 경보음이 울린다
힘차게 발판을 구르고 나가 팔을 뻗어야 승리할 수 있다
오늘 간식은 보름달 쿠키
고작 쿠키인데 점심시간처럼 모두 달린다

전쟁이 끝난 듯하여 다가가 보니
어? 사람은 둘, 쿠키 하나
어려운 수학 문제처럼 머리가 멈춘다
주나가 나를 본다
양심의 심판대에 올라 어쩔 줄 모르는데
주나가 덥석 쿠키를 집어든다
툭,
반으로 갈라 나에게 건네고는
"문제 없지?"
예상치 못한 답이었다

쿠키는 반달이지만
나도 먹고 주나도 먹고
한 사람이 외로울 일은 없었다
보름달보다 둥글었다

빛나는 햇빛처럼

김한희 1학년

우리 집에는 약이 많다
네모난 통 안에 있는 그 수많은 약들
그 약의 주인은 바로 우리 엄마다
엄마는 다리가 좀 아프시다
항상 괜찮다고 웃으면서 하던 공부나 마저 하라고 하신다
어느 날 공부를 하다가 '엄마 괜찮아요?' 물어봤다
얼굴을 보여줬을 땐 내 앞에선 한 번도 울질 않던 엄마가 울고 있었다
얇은 종이가 찢어지듯 마음이 아팠다
하지만 환하게 웃어드렸다
사랑해. 엄마도 환하게 웃으셨다
엄마가 잠들었을 때 나는 반대쪽 방에 가서 울었다
하지만 엄마 앞에선 빛나는 햇빛처럼 웃어드렸다

색

이소원 1학년

어느 날부터인지
아이들 각각 다른 색을 띄고 있다
하나하나 아름다운 색
그런데 어째서 난 색이 보이지 않아?

빨간색, 강렬한 색
나도 활발한 사람이 되고 싶다
초록색, 평온한 색
나도 편한 사람이 되주고 싶다
노란색, 밝은 색
나도 웃음을 주는 사람이 되고 싶다
파란색, 모든 걸 품을 것 같은 넓은 색
나도 위로를 해주는 사람이 되고 싶다

모든 색이 다 개성 있고 반짝여서
도저히 정할 수가 없다
얼마 지나지 않아,

아이들 몇몇의 색이 바뀌었다
그런가,
저 아이들도 아직 정하지 못한 거야

어려운 시절의 맑은 시
-2020 공주여자중학교 학생시집 『닮았네 닮았어』

소종민 문학평론가

> 무르만스크에는 오로라의 밤이 있고
> 후쿠오카 하카타에는 축제의 밤이 있고
> 사하라 사막에는 별빛이 쏟아지는 밤이 있다면
> 공주에는 공주의 밤이 있다
> (오가람, 「공주의 밤」에서)

그렇죠. 공주에는 두 개의 밤이 있습니다. 전국에 유명한 알밤과 산책하기 딱 좋은 밤입니다. 밤이 깊어 달은 공산성 위 높이 떠 유유히 흐르는 금강을 묵묵히 굽어보다가 홀연 제민천 냇가로 내려가 산책 나온 이들을 가만히 따라갑니다. 조용하고 정갈한 공주의 밤입니다. 물소리, 벌레 울음소리, 재잘대는 말소리들이 귓가에 맴돕니다. 기분 상쾌한 밤입니다.

날이 밝아 아침이 되면, 역시 오늘도 이장님 스피커 소리가 납니다. "면에서 농기계를 빌러드립니다/ 신청서를 접수해야 하오니/ 탈곡기가 필요하신 가구는/ 이번 주까지 신청서를 내주시기 바랍니다"(오태림, 「우리 마을 반장님」). 웅성웅성 시끌시끌한 아침 풍경이죠. 시내를 조금만 벗어나면 농촌 마을이라 늘 들을 수 있고, 늘 볼 수 있는 정겨운 장면입니다.

올해도 공주여중 친구들이 쓴 시를 읽었습니다. 72편의 시 하나하나 읽으며, 쓴 사람의 생각과 느낌을 만날 수 있었습니다. 이번 시집 역시 지난해와 비슷하게 학교생활과 가족 이야기, 등하굣길에 만나는 풍경, 친구 이야기, 나의 현재와 미래 등과 같은 주제로 짜였습니다. 조금 특별하게는 이번 시집의 절반 이상이 가족 이야기입니다. 코로나바이러스로 인해 개학이 늦어지고 등교 방식과 수업일정, 온라인 수업 등 교육과정에 큰 변화가 있었던 만큼, 집에 머무는 시간이 많게 되면서 친구들의 시선이 자연스레 가족에 많이 기울었기 때문이겠지요.

나와 똑 닮은 우리 엄마

온라인 수업을 자주 하게 되면서 친구들은 이전보다 좀 더 많은 시간을 엄마, 아빠와 함께 보냅니다. 학교에 있을 때 엄마, 아빠는 시간을 어떻게 보내고 있었는지 친구들은 더 잘 알게 됩니다. "원격수업을 하지 않았더라면/ 알 수 없었던 엄마의 일상생활"을 말이죠(오혜은, 「원격수업의 시대」). 엄마는 매일같이 힘든 일을 하고 있습니다. "춥디추운 자정이 돼서야/ 부릉부릉 소리를 듣"게 됩니다(강수현, 「엄마다! 부릉부릉 타박타박」). 엄마는 또 많이 아프기도 합니다.

엄마는 다리가 좀 아프시다
항상 괜찮다고 웃으면서 하던 공부나 마저 하라고 하신다

어느 날 공부를 하다가 "엄마 괜찮아요?" 물어봤다
얼굴을 보여줬을 땐 내 앞에서 한 번도 울질 않던 엄마가 울고 있었다
얇은 종이가 찢어지듯 마음이 아팠다
하지만, 환하게 웃어드렸다
— 김한희, 「빛나는 햇빛처럼」에서

마음이 먹먹합니다. 엄마에게 환한 웃음을 보이는 친구가 대견합니다. 한 해 두 해 친구 여러분의 몸과 마음이 무럭무럭 커가면서 엄마가 더 보이고 엄마의 삶이 더 느껴질 거예요. 겁이 없고 씩씩하다고 생각했던 엄마도 늘 그렇지 않다는 걸 알게 되고요. 바퀴벌레, 돈벌레를 잘 잡는 엄마는 "조그마한 달팽이 하나 때문에 저 난리"를 벌이며, 무섭다고 비명을 지릅니다(노윤서, 「천적」). 앨범을 보다가 나와 똑 닮은 아이가 있는데, 어릴 적 엄마였습니다(송유민, 「나와 똑 닮은 아이」). 엄마도 나처럼 어릴 때가 있었던 거죠.

그런 엄마가 이렇게 말합니다. "엄마도 오늘은 엄마가 보고 싶어"(강서연, 「엄마의 엄마」). 엄마는 돌아가신 할머니가 보고 싶어서 웁니다. 친구들은 가만히 엄마를 안아주어야겠지요. "코로나보다 무서운" 갱년기가 온 엄마는 다른 사람이 된 듯합니다. 시간이 빨리 지나가길 기다리는 수밖에요(이아진, 「갱년기가 찾아왔다」). 그렇지만, 엄마도 여러분처럼 발랄한 10대 시절이 있었고, "새근새근 잠이 오던/그때의" 엄마 품(임나현, 「다른 엄마 품」)에 따뜻이 안길 수 있었습니다. 엄마 안에 겁 많고, 눈물 많고, 가끔 용감하고, 늘 힘세고 씩씩한 소녀가 분명히 있습니다. 엄마를 이해하면 할수록 더 잘해주고 싶은 마음이 생깁니다. 그러나, 그 마음이 싹 달아나는 때가 있습니다.

"안돼"

난 아직

"엄마, 있잖아"

밖에 안 했는데

        – 전소연, 「엄마」

    엄마는 무슨 말을 하려는지 이미 다 정확하게 알고 있었습니다. 엄마가 무섭고 두려워지는 순간입니다. 인터넷 쇼핑몰에서 옷을 사거나(박지우, 「엄마는 일단」) 몰래 피어싱을 하게 되면(이하나, 「그러지 말지」), 일단 엄마와의 전투를 피할 수 없습니다. 하지만 1시간만 지나면 서로 머리를 맞대고 쇼핑하고 있습니다. 급기야 엄마도 피어싱하겠다고 나섭니다. 정말이지 엄마들은 친구 여러분과 크게 다르지 않아 보입니다.

    엄마는 여러분의 제일 가까운 친구입니다. 그런 엄마를 잃으면 가슴이 무너집니다. "처음이자 마지막인/ 엄마와 아빠의 이별"(김혜원, 「이별」)을 막을 수 없었고, "딸, 밥 먹고 가./ 딸, 양치 해야지./ 매일 들리던 잔소리/ 들리지 않"는 그날이 오고 말았습니다(김혜원, 「빈자리」). 이 슬픔과 아픔을 무엇으로 대신할 수 있을까요. 시간이 얼른 지나길. 그래서 그 마음에 싹이 돋고 꽃이 피어나길. 엄마를 사랑하는 마음의 빛깔은 날이 갈수록 더욱 깊어집니다.

사랑하는 우리 가족

    상대적으로 아빠는 엄마에 비해 더 스스럼없이 대할 수도 있고, 조금은 더 어색하기도 합니다. 무뚝한 아빠는 애교에 쉽게 움직이고,

전화를 걸면 꼭 답을 해주시죠. 아빠는 든든한 나무입니다(김희수, 「나무아빠」). 엄마 몰래 무언의 약속도 나눌 수 있고요(황유진, 「아빠의 만 원」). 그런 아빠이지만, 엄마를 대신해서 밥상을 차릴 때는 큰 차이가 있기 마련이죠. "엄마는 어젯밤부터 열심히 끓인 보릿물/아빠는 그냥 물"을 내놓습니다(정찬송, 「아빠에게 자녀를 맡기면 안 되는 이유」).

아침 대신 미숫가루를 타서 건네는 아빠에게 인상을 써도 "맨날 툴툴거리는 딸이 뭐가 좋다고 웃는 건지"(소유빈, 「미숫가루」) 모르겠습니다. 아빠의 주름이 부쩍 는 것 같아 목이 턱 막히기도 합니다. 일이 많아 한참 동안 얼굴조차 보기 힘들죠. 함께 옛날 앨범을 보다가 말이 없어진 아빠는 울고 있었습니다(최하연, 「아빠 사진」). 엄마처럼 아빠도 더 이해하게 됩니다. 아빠도 늙고, 아빠도 어린 시절이 있었고, 아빠도 울 수 있고, 환하게 미소짓기도 한다는 걸 우리는 더 잘 알게 됩니다.

코로나19로 인해 친구들과 맘껏 어울릴 시간이 많이 줄었지만, 엄마, 아빠 그리고 언니, 오빠, 동생과 더 많이 대화하고 많은 걸 함께 나누는 시간은 늘었습니다. 예전엔 보이지 않았고, 볼 수 없었던 가족의 모습을 더 잘 보게 됩니다. 굳이 말하지 않아도 저절로 알게 되고, 저절로 느껴지는 가족의 이야기가 자꾸 늘어납니다. 할아버지의 마음과 할머니의 마음도 곰곰이 깊이 헤아려 보게 됩니다. 마음 깊은 언니와 오빠들, 아직 모르는 게 많은 동생들에게 듣고 싶고, 하고 싶은 말이 차곡차곡 쌓입니다.

어느 집보다 은행을 크게 길러 우리 먹으라고 준비해 놓은 할머니(전민지, 「할머니의 마음」), 배추흰나비를 보면 떠오르는, 손을 꼭 잡아주시던 외할머니(신유진, 「시들지 않는 꽃」), 할머니와 처음 손을 잡았을 때 느꼈던 어색함과 그 안에 깃든 깊은 사랑(이지연, 「뜨거운 손」), 비 오면 늘 우산 들고 마중 나오고, 천둥 치면 귀 막아주고, 흔들리는 이를 실로 뽑아주며 구구단도 가르쳐준, 그리운 할머니(오가람, 「할머니」). 엄마, 아빠가 생계 일로 바쁠 때 늘 나와 함께 한 할머니가 참 고맙습니다. 그리고 많이 보고 싶습니다.

치매를 앓던 할아버지 얼굴이 요즘 잘 기억나지 않아 속상하기도 합니다(김태연, 「벌레」). "매미 소리 가득한 창가에 가만히 앉아 계신 할아버지"의 뒷모습이 외롭고 쓸쓸해 보입니다. "당신이 이룬 꽃밭"에 연둣빛 작은 잎이 돋아나길 간절히 기원해 보기도 합니다(박은지, 「하얀 민들레」). 할머니, 할아버지의 가없는 사랑을 받아 친구 여러분이 지금처럼 잘 큰 것이겠지요.

맛을 느끼지 않는 언니가 어릴 적엔 부러웠지만 이젠 그 아픔을 헤아릴 정도로 생각이 많이 자랐습니다(박서진, 「미맹」). 오빠와 가끔 인생 이야기를 하며 "오빠의 지금 삶도 충분히 값진 삶"이라고 격려하고 응원하기도 합니다(김시은, 「장남의 무게」). 맨날 놀려먹고 골탕 먹이는 오빠도 군대 간다니까 좀은 서운합니다(송지원, 「우리 오빠」). 공부한다고 무심하게 선풍기를 틀어주고 사과를 놓고 가는 오빠들이 귀엽고 사랑스럽고 멋지기도 합니다(조연우, 「남매」).

그렇지만 동생들은 좀 다르죠. 때론 동생과 난투극을 벌이기도 합니다. 식구들이 이 녀석을 왜 좋아하는지 알 수 없습니다(오래은, 「딸 셋, 아들 하나」). 다른 식구들에겐 갖은 애교에 아부투성이인 동생이 어떤 점에서 사랑스러운지 이해할 수 없습니다(노현희, 「현실 남매」). 사춘기가 와서 무조건 반항하고 화만 내는 동생도 마찬가지죠

(유시연, 「사춘기」). 할아버지가 위독하셔서 너무 슬펐을 때 동생이 "언니, 저거 나비야?" 하고 물었습니다. 근데, 이상하게 마음이 진정되었습니다(박연진, 「공감 없는 위로」). 이렇게 철없는 동생들도 시간이 좀 지나면 이 언니 또 이 누나가 이 동생들을 얼마나 따뜻하고 소중하게 생각하는지 잘 알게 되겠죠?

때론 화도 나고 짜증도 나지만 도무지 없어선 안 될 우리 가족들은 함께 아침을 준비하고, 여행을 가고, 저녁 먹고 나서 같이 TV를 봅니다. 근데, TV 드라마를 보다가 엄마, 아빠가 갑자기 다툽니다(양한비, 「동시상영」). 곧 화해하게 될 걸 왜 서로 소리를 높이는 걸까요? 역시 곧 얼마 지나지도 않아 서로 마주 보고 소리 내어 웃고 있습니다. 부부란 무엇일까요? 참 알 수 없습니다. 결혼하면 알게 될까요?(강하연, 「부부」)

사랑하는 가족들과 함께 하는 여행은 특별한 이벤트입니다. 여행 준비도 미리 하는 사람(엄마)이 있고, 닥쳐서 하는 사람(아빠와 나)이 있습니다. 느리지도 빠르지도 않은 딱 중간에 있으면 좋겠다 싶습니다(이지영, 「분침」). 어떻든지 잘 도착한 여행지는 너무 좋습니다. "촉촉이 젖은 모래에서 나는 냄새/ 조개 사이를 지나가는 바닷바람 소리"(서지희, 「바다 여행」)는 몸과 마음을 편안하게 만듭니다. 휴식이란 이런 걸 테죠.

여행을 마치고 돌아오면 예전과 똑같은 일상이 펼쳐집니다. 식구들은 물론, 강아지마저 허락 없이 '내 방'에 수시로 어떤 통로인양 자유롭게 드나듭니다. '나'는 마침내 폭발합니다. "먹을게! 먹을게! 먹는다고/ 살찌고 있어요오/ 제발 좀 나가/ 닥쳐! 이 강아지야!"(이효춘, 「조용한 날이 없다」) 아, 다시 삶이 시작되고 있습니다.

코로나바이러스가 만든 어려운 시절

올해 2020년 전 지구의 인류는 너나없이 커다란 재난을 겪고 있습니다. 신종코로나바이러스가 출현하여 지구 전체에 퍼졌습니다. 10월 현재 바이러스 감염 확진자가 3,150만 명을 넘었고, 사망자는 97만명에 이르렀습니다. 우리나라는 확진자 23,200명, 사망자는 388명입니다. 국가 차원의 방역 체계와 시민 각 개인의 방역 조치를 꾸준히 잘 유지해야 희생이 더 늘어나지 않을 것 같습니다. 우리 인류는 유례없이 어려운 시절을 맞이하였습니다.

코로나바이러스는 많은 것을 바꿔 놓았습니다. 예외 없이 누구나 언제 어디서나 늘 손을 깨끗이 씻고, 언제 어디서든 마스크를 꼭 쓰고 있습니다. 마스크는 옷, 신발, 안경, 스마트폰처럼 우리 몸의 일부가 된 듯합니다. 우리는 마스크를 하고 1.5m에서 2m 정도 거리를 두고서 사람을 만나고 있습니다. 거리를 두는 것이 서로에게 이로운 일이 되었습니다. 몸이 멀어지면 마음도 멀어진다고 하죠. 하지만 이젠 필수적으로 서로 몸을 떨어뜨려야 하므로, 서로 마음이 벌어지지 않도록 노력해야 하는 때가 되었습니다.

그 누가 알았을까
우리의 삶이 이렇게 변할지
마음껏 떠들 수 있었던
마음껏 만질 수 있었던
그때의 우리가 부럽다
– 이주혜, 「여름 등교 개학」에서

그렇습니다. 누구도 예측하지 못했습니다. 10개월간 너무 많은 것이 변하였습니다. 2019년 10월과 2020년 10월의 풍경이 너무나 다르게 변했죠. 정말 '그때'가 벌써 그립습니다. 2021년이면 '그때'가 다시 돌아올까요? 이 또한 알 수 없는 일입니다. 기적처럼 그때가 찾아오길 다들 바라고 있겠지요.

함께 떡볶이를 나눠 먹는
나란히 책상에 앉아 공부하는
너와 마주 보고 크게 웃는
우리에게 당연했던 그것

코와 입을 가리는
열이 나는지 이마를 확인하는
두 팔 벌려 떨어져 걷는
우리에게 당연해진 그것

지나간 시곗바늘처럼 다시 올 수 있을까?

화장실 갈 사람!
너도나도 같이 가던 화장실
1분이라도 빨리 먹자
바짝 붙어가던 급식실
마이크 하나로 너 한번 나 한번 부르던 노래

코로나19의 벽에 갇혀 생각한다
조금 참지 못해 함부로 누리던
이제 오래 참아야 할지도 모를 자유
그 잃어버림의 시작에 나는 없었을까
– 이서윤, 「당연한 것」

너무나 당연했던 것이 이젠 당연하지 않게 되었습니다. 너무나 자연스럽던 것이 이젠 부자연한 게 되었습니다. 당연했던 행동은 우려할 만한 그것이 되었고, 자연스러운 만남은 조심하고 경계해야 할 그것이 되었습니다. 신경 쓸 일의 가짓수가 계속 늘어납니다. 신경 쓰지 않고 했던 일은 점점 줄어듭니다.

실제 감염이 일어난 곳은 행정명령에 의해 폐쇄되거나 휴업 조치를 받았습니다. 개학이 늦춰진 것도 학교야말로 많은 학생들이 모이는 곳이기 때문이었지요. 한껏 누리던 우리의 자유를 "이제 오래 참아야 할지도 모를" 것입니다. 그런데 "그 잃어버림의 시작에 나는 없었을까" 하는 질문이 무겁게 느껴집니다. 자유를 잃어버린 것에 '나' 역시 잘못이 있는 건 아닌가, 되묻습니다.

그렇지만 이 같은 비상사태를 만든 건 우리의 산업 문명입니다. "문명이라는 것은 본질적으로 자연의 야생 생물에 대한 공격과 파괴, 훼손 없이는 성립하지 못하고 (…) 그 자연파괴에 대한 대가가 바로 역병이라고 할 수"_{김종철, 「코로나 시즌, 12개의 단상」 『녹색평론 173』(2020년 7~8월호) 175쪽.} 있습니다. 화폐 이득만을 제일로 생각하는 대기업들의 탐욕이 자연계의 질서를 파괴하여 기상이변과 감염병의 확산을 유발한 것이지요. 대기업의 무분별한 개발을 합법적인 것으로 용인한 정치

가들 역시 이런 상황에 똑같이 책임을 져야 합니다.

책임과 반성은 이들이 해야 하겠지요. 이 사회를, 이 지구를 맑고 깨끗한 환경으로 만들어 거리낌 없이 자유를 누리게 할 책임은 오로지 기성세대들에게 있습니다. 어른들의 무책임과 이기심이 우리 친구들의 자유를 빼앗은 셈이죠. 우리 학생들은 이렇게 하루하루 견디며 조심스럽게 살아가고 있는데, 다른 이들보다 돈과 힘을 조금 더 가졌다는 어른들은 너무나도 분별없이 행동합니다. '어른'이라는 단어를 붙일 수조차 없을 정도로 어리석고 이기적입니다. 그래서 시절은 더욱 어렵습니다.

오히려 친구 여러분이 지닌 선하고 욕심 없는 마음이야말로 신종 코로나바이러스와 같은 인재(人災)를 극복할 수 있는 유일한 열쇠입니다. 뭇 생명들이 맑고 쾌적한 환경에서 서로 공생하며 살아갈 수 있는 터전은 바로 그와 같은 마음으로 만들어집니다.

오늘도 우리 학생들은 학교 현관에 들어서면 "열화상 카메라 앞에 긴장된 마음으로 멈추"어 섭니다. "마스크 위로 눈만 보이는 친구들의 모습"을 봅니다. 서로 "티가 안 나는 웃음만" 나누며 "조심조심 답답한 목소리로 이야기"를 할 뿐입니다(신보라, 「매일 아침」). 에어컨 바람과 수업하는 선생님과 떠드는 친구가 있었더라면 잠을 잘 잘 수 있을 텐데, 온라인 수업할 땐 잠도 잘 오지 않습니다(유지오, 「온라인 수업」). 학교에 자주 가고 싶습니다.

그래도 빛나는 아름다운 날들

그렇지만, 학교에 자주 못 가더라도 시험을 보고, 공부도 해야 합니다. 곧 시험날이라 마음이 초조한 건 코로나 이전이나 지금이나 마찬가집니다. "우리 엄마 내 맘 모르고/ 방문에 대고 소리친다/ 우리 딸 내일 백 점?"(임서현, 「하루 전」) 글자도 눈에 들어오지 않습니다. 책상 위 물건들이 놀자고 말을 겁니다. 마지막엔 침대가 불러서 넘어가 버렸습니다(임정연, 「공부만 하려면」). 게다가 "이 더운 날/ 무거운 교과서 메고 걸어올 땐/ 고개가 아래로/ 내려가 저" 하늘 보기 힘듭니다. 어릴 적엔 뛰어다녔는데 말이죠(윤지수, 「하늘」).

공개수업도 늘 긴장되기 마련입니다. 먼저 손을 들고 답했어야 했는데, 또 기회를 놓쳤습니다(성현주, 「오늘도 2등이다」). 여러 명 앞에서 하는 악기 연주도 마찬가지입니다. "심장은 어느 때보다 더 열심히 북치고/ 목도 손가락도 얼음"입니다. 간신히 연주를 마치고 나자 박수가 터져 나옵니다. "내가 나를 성장"시킨 것 같아 마음 뿌듯해집니다(김혜린, 「빛나던 순간」).

그렇지만, 학교에는 시험과 공부와 수업만 있는 건 아니죠. 어쩌면 달콤한 쉬는 시간, 재미난 간식 시간 때문에 학교에 오는 건지도 모릅니다. 어떤 친구는 쉬는 시간에 3반에 오픈한 '솔잎' 미용실에서 앞머리를 잘랐습니다. 그 친구가 거울 볼 때 다들 도망갔습니다(박윤서, 「유진이의 앞머리」). 여러 번 고민하다가 앞머리를 자른 그 친구는 거울을 보며, "곧 졸업사진 찍는데"라고 합니다(이유진, 「없어진 나의 앞머리」).

쉬는 시간의 맛은 역시 낙서지요. 수업 종이 울려 다들 자리에 앉았는데 미처 자리에 앉지 못한 친구만 벌점을 받았습니다(이시민,

「순발력을 길러야 하는 이유」). 방과후 수업 후 간식시간에 조금 늦었더니 쿠키가 하나만 남았습니다. 사람은 둘인데? 어쩔 줄 모르고 있으니, 친구가 과감히 쿠키를 잡아 반으로 뚝 갈랐습니다. "문제없지?" 하며 반쪽을 건네는 친구를 보면서 마음이 보름달처럼 둥글어집니다(성현주, 「반달」).

이렇게 친구와 함께 있으면 시간 가는 줄 모르죠. 생각이 자라면서 친구의 의미를 잘 알게 되면서 어린 시절의 아픈 기억도 떠오릅니다. 초등학교 시절 따돌림을 받던 친구를 그저 바라만 보고 있던 때가 기억나고, "홀로 선 나무 같은 친구에게 불을 던지던 아이들을" 막아서지 못했던 자신을 떠올립니다(박서진, 「그 거미」). 기억은 더욱 세세해집니다.

> 느티나무 가지를 타고 올라가는 작은 발들
> 주머니를 뒤져보면 언제 샀는지도 모르는
> 과일향 사탕, 조금 녹아 끈적한 사탕
> 서걱서걱 까끌까끌한
> 모래 냄새 과일 냄새 뒤섞인
> 지금도 기억하는,
> 다시는 맛볼 수 없을 것 같은
> 가장 달콤하고 맛있는 사탕
> ― 강혜영, 「모래맛 사탕」에서

냄새나 맛은 잊었던 기억을 되돌리는 힘이 있는 것 같습니다. 그 기억이 생생할수록 이젠 어디서 어떻게 지내는지 모르는 친구가 더 그렇게 됩니다. "만나면 핸드폰만 하는 사이"지만 또 "핸드폰만 해도 어색하지 않은 사이"가 친구 사이죠(이새나, 「우리 사이」). 그래서 지금 새로 만나는 친구들과 지내는 하루하루 더 생생하게 기억해 두고 싶은 마음이 일어납니다. "친구가 되어준 너희들을 만났던 날"과 "코로나 터진 날" 그리고 "3학년 되고 친구가 갑자기 대화를 안 한 날"까지 모두 잊지 않으려고 합니다.

> 시 쓰고 있는 이 순간도
> 나는 기억할 거야
>
> 잊고 싶지 않아
> – 박정민, 「기억할 거야」에서

너무 빛나는 날들이어서, 또 너무 아프고 너무 기쁜 날들이어서 잊을 수 없습니다. 그렇게 기억의 조각들이 모여 우리 자신을 만들어 갑니다. 시간이 지나 기억을 되살리면 그때의 '나'를 현재에 다시 불러올 수 있습니다.

> 지붕 밑에 옹기종기 모여 있는 빗방울
> 옹기종기 비를 피해 모여 있는 우리들
>
> 타닥타닥 떨어지는 빗방울
> 비를 피해 타닥타닥 뛰어가는 우리들

이렇게 다시 보니
닮았네 닮았어
— 박영서, 「비 오는 날」

세월이 많이 흘러 친구 여러분이 어른이 되어, 어느 날 비가 오고, 어느 학교 중학생으로 보이는 아이들 서너 명이 호호 깔깔하며 처마 밑으로 뛰어드는 걸 보았을 때 불현듯 똑 닮은 장면이 머리에 떠오를 거예요. 잊었던 친구의 이름과 말투, 생김새, 살던 곳, 자주 가던 분식점, 좋아하는 연예인 등등 마구 떠오를 거예요. 기억의 힘이란 그런 거죠. 기억의 조각 하나하나가 모두 우리 자신 안에 있고, 그날들 하나하나 모두 아름답습니다.

문득 세상이 나에게 말을 걸어올 때

우리의 감성이 풍부해지고 생각이 깊어지면, 길을 걷거나 차를 타고 가다가도 문득 눈에 들어오는 사물들이 특별하게 느껴지는 일이 자주 생깁니다. "와, 창문 밖으로 보이는 푸른 하늘 위 새하얀 솜사탕/ 버스 안 놓쳤으면 예쁜 풍경 못 볼 뻔했다"(김해린, 「놓친 버스」). 앞차를 놓치고 다음 버스를 탔는데, 앉아서 바깥 풍경을 볼 수 있었습니다. 빠르게 지나가던 시간이 지금 이 버스 안에선 아주 천천히 흐릅니다. 바로 이런 시간! 잠자던 우리의 감성이 마법처럼 깨어나는 순간입니다.

괜찮아 우린 많은 것을 보았어
구름이 내려 온 산성의 노란 깃발

열매가 가득 매달린 상수리나무
물방울이 모인 토란잎
페인트가 벗겨진 트럭
빌라 옥상으로 올라간 전깃줄
전깃줄에 앉은 산비둘기
— 김지은, 「하루살이」에서

하루살이를 보고 어떤 존재의 한 생애를 엮어낸 시입니다. 그 하루
살이에게 말하는 능력을 주면서 이야기를 만들었죠. 봄비 흩날리는
길을 걸을 때도 그 느낌이 남다를 때가 있습니다. "매일 숨 쉬던 공기
가 오늘은 달라서/ 발걸음이 쉬이 떨어지지 않"게 됩니다.

노란 물감이라도 풀었나
샛노란 송홧가루 물 위에서 헤엄친다

바람에 흩날린 봄비
솔잎 끝에 매달린 유리구슬
— 임지은, 「봄비 흩날리는 길」에서

"맨날 오고가던 길인데/ 처음 보는 것"도 있게 되죠. "길에 꿋꿋이
피어있는 조그만 꽃/ 나무 틈으로 빼꼼 보이는 보드란 햇빛/ 울퉁불
퉁하게 갈라지고 부서진 회색빛 벽돌"(강혜영, 「봄맞이꽃」)처럼 늘
보고 지나친 사물들이 무언가 의미 있게 자신 안에 들어오는 순간입
니다.

고양이가 "쭉 늘어나는 게/ 치즈 같아서/ 어디까지 늘어날까/ 보고 있는데/ 툭 건들면/ 끊어질까/ 그만두었다"(강채원, 「고양이」)는 말이 재미납니다. 금세 기지개를 펴는 고양이 모습이 떠오르죠. 이와 대조적으로 '주차장의 어린 고양이'의 울음소리는 우리를 안타깝고, 슬프고, 죄책감이 들게 합니다(최솔잎, 「어린 그 아이」). 무고한 어린 생명이 목숨을 잃게 되어 더욱 그런 마음이 들게 됩니다.

바람에 시달리고 비에 젖어 축 처진 꽃에 나비 한 마리가 날아와 앉습니다. "꽃이 아름답고 향기로운 이유는/ 누군가 그의 이야기를 듣고/ 위로해줬기 때문"(채송희, 「꽃과 나비」)이라고 합니다. '어린 고양이'에게 한 마리 나비가 되어주지 못한 위의 친구의 마음이 얼마나 아팠을지 이 꽃과 나비 이야기를 읽으니 더욱 절감하게 됩니다.

눈에 보이는 물건, 동물, 식물, 사람, 건물, 햇살과 바람, 구름과 달, 별과 강물 모두 우리의 느낌과 생각을 만듭니다. 시는 그 느낌과 생각에서 시작됩니다. 재채기를 "H! H!"라고 표현(김수아, 「재채기」)한 것도 멋집니다. 엄마에게 남자친구를 소개하는데 "하얀 피부, 각진 어깨, 동그란 눈"을 가진 아이였는데, 알고 보니 '스마트폰'이라는 작품(이채원, 「내 남자친구」)도 코믹하면서도 관찰력이 돋보이네요.

우리의 관찰에서 빼놓을 수 없는 대상이 또 하나 있어요. 바로 '나 자신'이죠. "어떤 날은 예뻐 보이고/ 어떤 날은 못나 보이"지만 결국 "거울 속 나를 보며" 웃어준다(전은정, 「나는 나야」)는 말은 자신감을 일으킵니다. 자신감이란, 말 그대로 '자기 자신을 믿는 것'이지요. 드라마를 보다가 주인공이 너무 멋있어 보여 거울을 보며 따라해 봅니다. 비록 어설프고 웃음이 나지만 그래도 "나름대로 노력하는 나의 모습"이 멋있어 보입니다(양서린, 「드라마 연기」).

"가끔씩은 모든 것을 내려놓고/ 내가 만든 큰 세상을 바라보는 나"를 상상하고 실행하는 일(이혜인, 「비행」) 또한 '나'를 성장하게 합니다. 가끔은 좌절감이 들기도 합니다. 올해 장마가 길었듯이 '나의 여름'도 끝나지 않을 것 같은 기분이 들기도 합니다.

> 축축하고 기분 나쁜 생각이 젖어든다
> 친구가 우산을 씌워줄 때도
> 금방 그칠 때도 있지만
> 쏟아지는 생각들의 홍수가 나기도 한다
> ― 김민지, 「김민지」에서

봄, 여름, 가을, 겨울의 순환이 되지 않는 느낌이 들 때, 내 자신이 여전히 같은 제자리를 맴돌고 있다는 느낌이 들 때 좌절감을 일어날 수 있죠. 좋지 않은 생각들이 홍수처럼 쏟아져 그치질 않는다면 어떻게 해야 할까요? 아래의 친구처럼 해 봐도 좋겠어요.

> 어두운 하늘 같은 머릿속에
> 분명히 가득 차 있는데
> (중략)
> 이것저것 더 밝아 보이는 것으로
> (중략)
> 진짜 빛나는 것은
> 나만이 아는
> 조용한 곳에서 본다

평생 안 될 것 같은
꿈 같은 꿈을 꾸며 계획을 세운다
— 임나영, 「꿈」에서

'나만 아는 조용한 곳에서 불가능한 꿈을 꾼다!' 우선 '나만 아는 조용한 곳'을 만들고, '평생 안 될 것 같은 꿈 같은 꿈'의 리스트를 하나씩 생각하고, 노트에 적어 봐요. 어려운 시절이 다가왔지만, 우리의 꿈을 지울 순 없답니다. "어느 날부터인지/ 아이들 각각 다른 색을 띠고" 있는데 나의 색이 보이지 않는다 해도 좌절하지 마세요. 그럴수록 '평생 안 될 것 같은 꿈 같은 꿈'을 꾸는 겁니다. 나의 색을 찾다가 "모든 색이 다 개성 있고 반짝여서/ 도저히 정할 수가 없"으면 그대로 두세요. 그래, "저 아이들도 아직 정하지 못한 거야"(이소원, 「색」) 하면 되는 거죠. 급한 건 하나도 없어요.

뜻하지 않게 코로나바이러스가 우리를 습격했듯이 우리도 모르게 문득 세상이 맑아질 수도 있지 않을까요? 나의, 꿈 같은 꿈이랍니다. 어떻게 될지 누구도 알 수 없죠. 내년에 친구들이 2학년, 3학년이 되고, 고등학생이 되어도 세상에게 '시'를 보여 주세요. 세상이 말을 걸어오면, 자신의 시를 들려 주세요. 친구들의 맑은 시라면, 모두 '꿈 같은 꿈'을 계속 꿀 수 있답니다. 또 만나요. 안녕! (*)